JN280509

妻・総子と

歸心

河野直輔

文芸社

目次

序

第一部

病む妻に　離騒　8

心の日々

心づもり（不安な日々）

前夜（暗涙）

その後（信と不信）

病む妻に

妻逝きて　飛檄　42

立命

悲涙（地哭）

喪神（北邙）

別魂（矢言）

行神（西東）
思い出　78
妻の遺稿より　89

第二部

歳月　112
心の灯
自然　114
折々の句
月に題す　139
有情無心　旅心
老い　旅する妻・子ら
訪れ　帰する心

あとがき　191
新装版あとがき　195

序

ここに　逝妻　総子　に捧ぐ
真に深く清く人を信じ世の真実と美を愛し、終生誠実謙虚に致命と実践に生きぬきし君
天命と天運のあいだ克く厚い心性と情調の信を尚い惜しみ愛しまれし君
絶絃と残月の、連理と婀娜の紅涙を永くわたしに絞らしめるとともに、君の死はより多くのものを明らかにし、多くのものを良きものにし、またよけいなものをわたしより消し去った君
人は一人のものでないことを、寸陰もまた永劫に連なるものであることを君はわたしに身を以って示した。

狂わんばかりの慟哭の一端を
ここに謹んで
君に捧げる

第一部

病む妻に　離騒

心の日々

心づもり（不安な日々）

前夜（暗涙）

その後（信と不信）

病む妻に　一九八二年二月六日　入院の日に

あなむごし　雷落ちた　日のながめ

なんでまあ　雷落ちた　庭のあと

むざんやな　小鳥はチチと　古巣かな

頬白く　むくれてあわき　老い妻の
　いたいたしきに　胸つぶすわれ

思いきや　われにもきびし　掟かな
　妻の臥し辺に　遠来の鐘

留守に見る　たつきのかぎり　息つめて
　ことごとひびく　信愛の鐘

いかばかり　心たまげる　妻ならむ
はり打つおもい　われこそいため

とめあえず　おもいつらなる　すがたかな
いのちなりけり　愛はひそみて

底知れず　いのちのひびき　すみわたる
あらしのあした　空のかなたに

つつましく　あさはことばも　いろづきぬ
　われほほえみて　あいづちうつも

かぎりなく　この世のいまに　おもうかな
　愛こそかぎり　ある身の花と

ものひとつ　うかつなりけり　わがなりは
　妻のしるべに　いまぞたまげる

もえつきて　サイレン鳴らし　冬空に
はしるつまべに　われもえにけり

冬空に　サイレン鳴らし　飛ぶ妻の
はしべにわれも　たえつきはせじ

はるばると　山河越えし　声すなり
いまやむつまの　いのちこだまし

幾月日　山路越え来し　あとどむ
やむかおふかく　いのちもえしを

みつむれば　おのずと熱く　噴きめぐる
その顔のよき　深々と大きく

いかばかり　あらしのやみに　祈るかな
妻よ血を吐く　叫びをこそ聞け

人知れず　おもいのべきし　つまならむ
　いまやむかおの　いかにきよきか

ついぞしる　妻の歩みの　大いなる
　いまやむとこに　われたちくれて

知る人ぞ　しるうつくしき　心かな
　ひとりながるる　なみだこそしる

つまやみて　こころのこおる　月夜かな

つまのふす　まどべにこよい　十三夜

わびしきは　ひとりやみいて　春を待つ
やつれしつまよ　われもこう

はかりてか　けさは言葉も　肉づきぬ
われほほえみて　あいづちうつも

半月や　すみ渡りけり　とわのなり
かたみほほえむ　余情かなしも

半月や　とわをかたるの　おもいかな
すむいろふかし　臥す妻のべに

めざめしつ　虚空にさぐる　君の手を
われとどろきつ　さしかわしする

夜明けいま　すみてするどい　むつきかな
いずみにひかる　おもいかなしも

病む妻を　訪うみちしろし　けさのつき
問う朝さやし　ひとりかなしも

ありあり　この妻みとる　むつきかな
やむそばに　われうたたねの　ゆめむつき
やむとこに　われも生死の　うつつかな
とこのべに　ひとりながるる　なみだかな

病みてなお　ほこりをまげぬ　清さかな

日に細る　君が手足に　灼く身かな

みぎひだり　頭ふりかう　皺の音

見ず知らず　人さまざまの　かたりかな

こうけいに　あたらずなんの　白師かな

ただいのる　ばかりかぎりの　ひだまかな

けふよりは　花もうつろう　おもいかな

うつろにも　果てはありけり　夜半の月

胸つぶす　おうなよたおれ　バラの花

胸つぶす　人もありけり　にはのバラ

しらじらと　心もはてり　よはのとこ

病む床に　限りの責め苦　負う妻に
日ごとわれこそ　死に代らんと歔く

バラに寄す　君のひとめに　胸つぶすわれ

バラを離る　あまり知らずに　泣く身かな

胸つぶす　人もありけり　バラの花
　痛みあまりの　わけ知らずしる

こころ離る　おうなよちぎれ　バラの花

はや沈む　夕日のあけの　晞かな

あはれ君　吐血の涙　ハラハラと
なれや知る　君沈沈の　旅心
たれぞ知る　ふきちる君の　血むすびを
あはれまた　我が身灼く火の　思いかな

釜かまは　堪えつくしてや　水枯れて
なれや知る　君かんばせに　とわの响响
退院を　われにもとめる　針の山
はてしなく　限りにむせぶ　この夜かな

やみつきて　もの狂わしう　むつきかな
やむかおに　かぎりも無死の　いのりかな
やみほそる　もろてもやみの　かえしかな

人知れず　書き消し手術　待つ妻の
　思いの糸路　春風ぞ吹け

あらたびを　しのび歩みし　妻の上に
　春待つ庭の　うたげをこそみる

なにほどの　意味もあらなむ　ひとごとに
　問うかんごふに　われはかなしも

ひびきあれ　このひとごとの　いのちこそ
おのがしわかず　あまつちの鐘

ためすとて　やわかもとねを　きらすべき
いしくすしとて　なれかたがわん

みはるかす　とうげにおもう　いのちかな
あらしのあした　ゆくえいかにと

よもすがら　やみをあつめて　いのるなり
限りのいのち　つまよいきよと

もろともに　いのちもえきて　あすのひを
いかでか　またで　こえわたるべき

もろともに　いのちひとつを　あわれなり
いかでかあすを　またでゆかなむ

ピレモンに　バウキスありき　そのかみを
われまたそぞろ　おもはゆおもう

かこそみん　春の調べの　いのちかな

妻病みて　ひとり奈落に　寒月夜

おいははを　つれきしこらの　ひがんかな

つれかえる　ははありこらの　おもいかな

はるひがん　つくしのもえや　ははごころ

かえりなん　いざふるやども　はるがすみ

しかとみむ　こらへのつくし　ははのやむ
かえりなむ　いざふるやどに　はるすずめ
日をつらね　手術待つ身の　まくらべに
つまのすがたの　いじらしきかな

おそろしや　むちの井蛙ぶり　あらなくに
つまのみとりに　おののくわれは

ものひとつ　うかつなりけり　にしひがし
つまのふしべに　やまぶきのはな

量るごと　軽くなる身の　やつれかな
たよる歩みに　血の凍るわれ

二人にて　食べる日待つと　われ言えば
うなずくのみの　いじらしきかな

動かない　からとひとこと　言う妻に
手足のみかや　床きしり泣く

立場かえ　医師も患者に　なりぬべし
たちどころみん　妻の安きを

言いあえず　余りてそでに　つまごころ

切脈を　修羅にも祈る　切歯かな

機器にのみ　頼る眺めや　不満なり
こころのやみも　あればある身に

うめくのみ　かぎりにむせて　ゆく日かな

調べまた　病にありける　日々の音に
　心の響き　いかがみるなむ

千々に耐ゆ　心の音や　病む床に
　妻のいのりや　いかに切なむ

いまは手も　涙もひとつ　妻の面に
ひた愛しきのみ　離さじはせず

哀れまた　心のささえ　なにならむ
うつしみ愛しき　妻のいのりに

病みに笑む　見舞いにむりの　別れ辞や
心やさしき　妻の背に哭く

名を呼びつ　来しや問い待つ　老い妻の
白髪なでつつ　われはそむける

じりじりと　いまわにすがる　母ごころ
せつなく迫り　血なみだぞ噴く

いまはとて　吾子呼ぶ妻の　白露を
見目もこたえじ　わが涙かな

名を呼びつ　いまわにつぶる　母心

清みかわる　いまわの妻の　顔の上に
涙ひとり　流れいたりけり

黒髪の　あの美しき　いつ消えそ
愛し身魂切る　その夕べかな

血風も　果てまつ　今日の気海かな

たえてこし　いまわの妻の　別れ辞に
　われ泣きぬれつ　かおかさねつつ

妻逝きて　飛檄

一九九五年八月十二日

立命

悲涙（地哭）

喪神（北邙）

別魂（矢言）

行神（西東）

とめも得ず　今朝ゆく君の　初日かな

今日よりは　闇にも君の　明りかな

今ぞ已む　君が辛苦の　涙かな

水に石　おちて別るる　流れかな

ゆく日々や　君を求めて　なく夜かな

とどめなく　噴きてはむせぶ　八一二

断腸の　思いつらねて　こぶしかな

今日よりは　ひとりいるとも　ふたりなり

おもふかし　今にも語る　みばえかな

こその日々　捨て身に生きし　月の顔

妻しあらば　限りにおもう　未死の日々

いまはなき　現身映える　歴史かな

凄絶の　死闘を越えて　無死の妻
世に生きて　八十路の丘の　うてなかな
ともにこし　えにしの仲の　きわもなく
いとおしく　いやますはての　枯れ野かな

いつかわれ　たつも狂わん　北や西
すべてああ　命なりけり　傘夫婦
たまとんで　むげ光明の　月に泣く
すべもなく　たまつきはてて　ハラハラと

すべてむに　恋こうかたや　北の月

西の方　すみかう空や　月と雲

かたもなく　朝の螢の　いのちかな

さてもみん　こぶしもはなの　つぼみかな

きわもなく　限りに生きる　菩薩かな

天生に　はるけきとわの　命婦かな

ことごとに　いま生くとわの　命婦かな

尽きやらず　あかとき月の　招きかな

君や見む　我や聞きけむ　とわがたり
君や見む　我やゆきなむ　北西のさと
書きとどむ　血を吐く君の　絶句かな
越しかたや　成りてかがやく　月光の曲

ゆくや君　絶唱なりて　月の郷
八十路なす　庭一面の　おうなかな
いのちなり　ああ絶唱の　君のなり
絶ちがたく　限りに日々の　絶句かな

月淡く　今宵も西に　ただひとり
ひがしにし　今日はいずこへ　むかうやら
ついにとづ　めされてとわの　ほとけかな
いまいちど　我地に伏しつ　血を吐きつ

はらはらと　遺作に流す　妻心

いかように　遺すや玉の　妻の手記

君や逝く　彼岸此岸の　くるひかな

今や逝く　君が絶句の　贈りかな

君や逝く　吾や定めの　絶句かな

これぞこの　遺作をいかに　妻の手記

夜もすがら　語るやひとり　君のかげ
ありありみつる　ことの涙に

書きとむる　言の葉のみぞ　形見なる
あすなき日々の　ともの語りを

慰むる　心はなしに　雲かくり
心のやみに　まどう我かな

死はいつも　かほどまでもか　キリギリス
哭く音のみかや　心知られず

これよりは　流れも氷る　谷川の
ことごとしきを　いかにわたらむ

はかなくも　ひとり流るる　竹の葉の
うえを知らずか　われも思わず

あまりにも　妻に似し人　ちかづきて
声かけむかに　いなづまのごと

めもなしに　虚空にえがく　君の手に
はや気も狂う　われはしどろに

こその日々　花散る丘に　語り来し
君やいまなし　橋上におう

ついに盡く　かぎりのいのち　いま絶てり
片鴛鴦呼びつ　ひれふすわれも

せきあえず　手向けに落つる　涙かな
おしのわかれの　世もあらずして

あす知らぬ　この身こそ知る　つまたまを
いかにかとわに　のこしてやみん

埋れ木の　花咲くことも　なかりしに
君ゆきひとり　われはおいゆく

年来るも　去るも忘れじ　妻の上に
おいのことばの　いかに苦しき

面影も　名残もとわに　消えななむ
あだし野に吹く　木枯らしのごと

今ぞ知る　君のありかの　ことごとに
夢見もさむる　老いのいたみに

ひとり身に　あふれつらなる　涙かな
　血の気もふるう　老いの行方に

花開き　はな閉づ庭の　秋の日に
　君が手入れし　あとあとぞ哭く

休みなく　庭に咲き交う　花草の
　四季の調べを　君ももしやと

いかばかり　花をめで来し　君ならむ
　小鳥はいまも　きのうのならいに

とどめおく　手記をもいつか　とりなさむ
　この母読めば　子らもたまらじ

帰りこむ　ことなき人の　大きさは
　知る人ぞ知る　死者のものかは

日に深む　夜のいのちや　君ごころ
歸心はや　みかぎりつきて　ふるやかな
かえりなん　離騒はざまの　ことならず
あまりなり　妻を懐いて　夜もすがら

日も知らず　妻をいたみて　夜もすがら

あわれいかに　婀娜も無心の　花ごころ

天や花　はなや天の　発きかな

さらば視ん　花蕊々の　しらべかな

人やあらぬ　君や昔の　君ならぬ
　わが身ひとりは　もとの身にして

たれぞ知る　心はやみに　さかる日の
　たぎりて落つる　滝の　こおるを

たれか知る　なれにし多摩の　夕雲雀
　あがるを見ても　落つる　涙は

かすかにも　何か知りけむ　小野山の
　君なき空に　音のみ泣きしる

いまや見し　ひとよこの身の　いのち川
　やみ定めてや　妻面蒼きに

叫べども　呼べどもはてぬ　おもかげを
　かなしもわれは　今日もおいゆく

たしかめつ　まろびつおいの　なげき川
　妻ゆくあとの　ともべ知らずて

かえらじの　君の言ごと　かがみせり
　苦しまぎれに　ゆめ追うわれも

頼みこし　やみにあけくる　君の血の
　泣きつ流るる　音なしに哭く

幾たびか　近くの丘に　杖つきし
君のえがおや　いまなきに啼く

あさなさな　語らい見きき　たのしみし
きみのゆたけき　はやなしに欷く

きびしくも　中はみこみに　きずつきぬ
やむとこさえも　かわのならひに

鳥も行く　空をすみかの　いのりかな
　われ果つさきの　妹のゆくえに

にしひがし　家居もわかれ　ゆく妻の
　とこくちむとて　燭やは照らさむ

あわれいかに　あさのほたるの　草葉かげ
　露をも愛ひむ　君の貌かな

追うあきに　思いかえさず　追わる日々
くれるあしたに　かなしもわれは

ながれのみ　はやみるとしの　くれのまを
いまひかなしく　おもいゆくかな

きみや知る　ただあり日々の　ならいのみ
むかしはものを　おもわざりける

一九九五年七月四日

日やあらぬ　月や昔の　月ならぬ
我が身ひとりは　もとの身にして

なれやしる　こころはやみの　夕雲雀
あがるをみても　おつる涙は

かすかにも　何か知りけむ　我が山の
ふける煙の　絶ゆる思いを

一九八四年八月三十一日

省みる人遠し地上の華、　月独り月の色なり
孤囚風影門前の情、　秋独り秋の色なり
日々はすぎ　時は死すとも　わが心　いまだ死する能はず
天と地の声よ　太陽と月の使者よ

雲にけぶる　月のもと　はや幾たびの夜夜を過ごせし
夕べの空　あけの大海に　はや魅入って幾としぞ
花々に酔ひ　小鳥や木枯らしに　声かけて幾たび
窮まり知らぬ空冥に　はや幾度打ち沈みしことぞ

幾たびぞ　夢覚め重ぬ　わが妻の
　うつし身ひとつ　たぎる別れを

限りなく　憶いつきせぬ　妻なれや
未死の心を　いかにもやせん

いきのこる　哀れの定め　知る身とて
渝わる旅路を　いかが行きなむ

語りかく　はやひとすじに　ハラハラに
迫りて妻の　顔は見えずも

せきかねて　涙のかかる　顔の上
しばしのまとて　永遠の語りに

現身の　決定たれか　無念ならん
とわに別れの　泣きの定めに

二人して　生死をともの　わかれかな

ともに見し　涯消ゆけさの　手向けかな
　ゆくえ知らずて　老い暮るわれは

ともに来し　思いつらなる　別れかな

母の輝は　痛みと愛に　よるものを
　知るなき今日ぞ　悲しかりける

逝く母に　限りの思い　継ぐ子らに
　生きて流るる　いのちをかみん

杖に泣く　子の母に哭く　その上かな

今日までも　あればあるかの　わが身かな
　ありあり見つる　妻の夢路に

人知れず　その名を叫ぶ心かな
　よあけの月に　蒼白く欷く

峯を吹く　嵐の音か　松風か
　北方の影　西方の像

思い出

一九八八年四月二十七日

さそわれて　天狗の下駄や　最乗寺

森々と　大杉の立つ　奥の院
いづち鐘の音　木の間より洩る

五百段　石にも聴けや　奥の院

安らかに　くだるえがおや　奥の院
そぞろひかれて　妻と登りぬ

見あげつつ　てすりにすがる　奥の院
妻に引かれて　五百段こゆ

往き尽きて魂いは妻に　戻りけり

あと何年　何を思って　追うべきか
　憶えば修羅も　ただならじ

杖植えて　ともに歩みし　鴛鴦鳥は
　五十六年とて　いや愛しに生く

願いつつ　われら総て　直かりき
　ともに歸心の　道のありかに

そのすべて　われらの愛と　死のみちは
　いかにことばも　つくしはえずに

草も木も　妻見ぬ日々の　無きに泣く
　風なき庭の　声も聞かずば

いまはこれ　鳴呼絶唱の　わかれかな

在りし日々　ゆくもるつぼの　もだえのみ
日ごと火を噴く　思いいましも

通院の　幾年経たば　光さす
こその無念さ　今日もあらたに

手をあげつ　かどで見返る　君すがた
沸々今日も　たかまりては落つ

思うにも　狂うばかりの　いく沈み
通院の朝　筆捨ての日々

篋にふす　たよりに結ぶ　旅どちの
なにかあわれも　君ごころかな

地も哭かん　恋うも消えゆく　うしろ川
螢のひかり　君立ちの郷

世を織りて　時も魂消る　君なりや
定めなりやも　われは聞かずめ

家事料理　創るも深き　君ごころ
思うも熱き　涙のみ噴く

いかように　語らばすまむ　君の逝く
神にも告げめ　死する思いを

いかほども　人は偉大に　なりうるや
稀有とは君に　天付とか懐う

庭も木も　君見ぬ日々に　寂れけり
小鳥に風の　訪うもつれなく

手洗いに　四度も転ぶ　無念さは
あつぎ旅館の　さわがしきとか

針にも目　心づもりも　空の絵か

この夕べ　修羅も地獄の　思いかな

ついにいま　未死昿劫の　別れかな
　われも永劫　離ることあらじ

とぼそ落つ　思いつらなる　月見かな

旅暮れて　見継ぐもあきの　思いかな
　無慮昿劫の　しのびまにまに

明けばまた　小蝶も花に　訪う庭に
　君なきあとを　いかがにやせむ

悲しくも　矢言の山を　越えゆかむ
　傷心の日々　君に捧げつ

妻の遺稿より

吾子をまつ　母の心に　もみじ映ゆ

覚りかな　足どり重く　草もみじ

姉の年忌も　間近なり　夢に消ゆ

夢　長き夜の　遠のねぶりの　みな目覚め
波のり船の　音のよき哉

年とれば　故郷こいしい　つくつくぼうし

故郷の　人と話したのも　夢か

焼きすてる　日記の灰も　これだけか

青草に　寝っころぶや　死を感じつつ

しづけさは　死ぬばかりの　水が流れて
はてもない旅の　汗くさいこと

投げ出した　足へとんぼ　とまろうとする

分け入っても　分け入っても　青い山
　うしろ姿の　しぐれてゆくも

どうしようもない　わたしが　あるいている

あの雲が　おとした雨に　ぬれている

しぐるるや　しぐるる山へ　歩み入る
　水に影ある　旅人である

へうへうとして　水を味わう

吾亦紅　霧の奥にも　陽が育つ

夫や子の　あのまなざし　みにあびて
術後の意識に　涙せし我

待つ心に風穴があく

わが病は癒えることなく
一台のベッドのくらし
よろこびも悲しみも
いたみもとける
退院の日は

我がくらし一台のベッド

傷みも苦しみも
耐える日々に
ひかりあるか

術後のいたみ
忘れしこのごろは
術前の苦しみ　更に
忘れる
日々に

ひねもすを　ときの流れに　身をまかせ
　病のいえを　ひたすらにまつ

つゆざむは　やまひの身には　一入に
　さびしくもあり　心はれずに

ひごと家をみなう夫は
　つかれていて

口では言えぬ
心の苦しみ

術後のいたみ
薄れてゆく日
我儘の出る
自分を恐ろしく思う

入浴時　腸部のマッサージを行う

腸管運動を誘発しよう
マッサージの仕方

夫や子の　しんじつまなざし　我が傷を
つらぬきて離す

今日もきて　調理のことをききかえる
夫一人の食事を思う

病室に　患者数なく　広々と
いたみのとれし日　心たかなる
とざされし世界に　すめる我が病
早くなおれと　七夕に祈る

穂すすきの　月を招く　ごとくにて
（九月二十二日みき姉の手紙の封筒に）

故里を　とおくはなれて　思うかな
　夢崎の波　牧ざきの風
　（たか姉作、四月十九日付）

潮ざいと　松籟の中の　眠かな

あふれ出づ　いでゆに浸り　想い出す

柿かぞう　思いや子らの　帰り待つ（パパ）
（八月一日メモ）

白梅老春に酔い
臥しては二河白道を思い
（月日不記メモ）

一生幾ばくならず　来世近きにあり
（八十五年四月）

縁もなき　人の訃報に　涙せし
ひとりぬる夜の　冬のしじまに

物いわぬ　一人が易し　胡瓜きざむ

「女あり二人ゆく
若きはうるわし
老いたるはなおうるわし」（ホイットマン）

過去が今日にしがみついて離れない
他人の考え通りに生きようとする習性が
根強く残っている

物事をきちんと見る眼を養っておかなければ人を納得させる文章はかけない

生きる　生きる　この非情さ　嚴厲さ　この苦悩
だが殆どの人は自覚しているだろうか
人生の到達点は何なのか
　宗教か、哲学か、倫理か
どこまでも人を追いつめる
マ物が後からついてくる

死は必定の住み家である
心安らかに迎えなさい
みんなに有難うを忘れずに
いざ西に向いてお先に出かけます
ゆっくりござれ　あとの連中
ありがとうにすべてをこめて安らかに往きなさい
（五岳上人）

老子五戒（メモ）

美ならず　外見だけの美化しない

弁ならず　おしゃべりしない

博ならず　何でもしったかふりしない

積まず　一人占めしない

争わず　争より協調することに重きをおく

書物が書物を生み出すように、人が人を生み出すのだ
精神は言語で語られ、思想は語句で染められる
自分の年齢相応の精神を持たない人は全く不幸である（ホー）
余命の中に、歴史の中に、人格の中に（パパ）
ほととぎす　あすはあの山こえていこう

色相、色訣、色養、色択、色読、察色
挈瓶之知（手に引っさげる、小さい瓶に入れる位の知恵、小知の喩）

第二部

歳月

一九七九年五月

心の灯

うらうらと　春日に匂う　牡丹かな

おおらかに　いのちなりけり　紅牡丹

ろうろうと　はなのいのちや　二十日草

げにも見よ　こころゆたかな　名取草

あめかぜも　しばしはしのべ　庭牡丹

自然

折々の句　一九八十年四月

草の戸を　しれや芭蕉に　かんこどり

こもりいて　深い吐息や　庭すずめ

物好きや　今日もきょうとて　かいこかな

こちらむけ　我もさびしい　にわ雀

一九八十年五月四日

あなえんや　心もたえに　薄牡丹

さればこそ　赤きくにかや　深見草
しみじみと　紅き生命や　深見草
いきかよう　紅き生命や　深見草

一九八十年九月

ああ秋　凄烈の月の影、　草虫むせぶ露の下
風こもり　啼く陰の響、吁ながれゆく万物の、
哀れ人世の時の調べを　おお万世の詩なれや、
深き宿世の地の調べを
今、こんじようのひびきなれ、
ああたれかそをかきとめん

一九八十年十一月六日

秋晴れへ　紅く照る実の　木魂かな

厳かに　庭に輝る実や　初ひかり

かきちらし　かきかくおもいや　柿のなり

一九八一年四月三日

あなをしや　あかきいのちの　二十日草

えんぜんと　さすがくにかの　牡丹かな

しかすがに　あたりをはらう　深見草

一九八一年四月三十日

いきいきと　春日にもえる　初牡丹

なごりおし　けふをかぎりの　二十日草

ほのぼのと　もえる心や　深見草

かげろうに　あげはも訪うや　庭牡丹

ろうたけて　いのちみせけり　紅牡丹

ひとときを　花とかたろう　からたちの
おもいはいつか　とつくにのはな

一九八一年八月一日　子らに

かきかぞう　思いや子らの　かえりまつ

一九八一年八月二十三日

はるばると　たびだち行きし　子ら帰る
いのちもえにし　おもいかさねつ

一九八一年九月三日

ことにふれ　おもいのばせし　こらのへに
　いままたいのる　おいらくわれら

いかばかり　なりいづこらの　こえさえて
　きくはわが身に　なりにけるかな

一九八一年九月四日

はからの　おおいなるもの　たずねみん
この世のいまに　われならなくも

一九八一年九月十一日

まちわびて　さきおえるまで　ゆうがおの花

まきほより　花もあらしか　ゆうがおのさく
七ついま　いのちさしあげ　ゆうがおのさく
あなかしこ　うちふるえつつ　ゆうがおのさく
ここにきて　いのちみせたり　ゆうがおのはな

手にも香も　ほのぼのにおう　ゆうがおのはな
いじらしや　はじらうばかり　ゆうがおのはな
ふるえつつ　かぜにもえみつ　ゆうがおのさく
あなさみし　このよになにを　ゆうがおの花

あおじろく　なぞめきふるう　ゆうがおの花
さそわれて　われもさみしい　夕顔の花
つくづくと　われらいのちも　夕顔の花

一九八一年九月十七日

ほのぼのと　あけそむかたの　しじまより
けふをいのりて　朝顔の咲く

あさつゆの　こぼるるばかり　いのちなる
けさはさびしも　朝顔の花

一九八一年十月五日

はばたける　とりのすみかは　おおぞらや
　みねのあらぎし　いまたづぬとも

みかえりの　おくれをただす　ときなるか
　さてもかわらじ　読書週間

みかえりの　ときとはなるや　かんだまで
淋しからずや　読書週間

さるにても　ふるきにおいて　確かめむ
昔の人に　読書週間

あいたきは　紙や人に　あらざるに
こころ空しき　読書週間

はや幾度　これよりのちは　来るまじ
　これほどのもの　読書週間

さびしさや　このたなざらし　わが国の
　まんがのほどを読書週間

一九八一年十月十四日

あわれなり　しもふりどきに　うめの木の
もとにいちりん　あさがおの咲く

いとけなく　くさばにもれて　あさがおの
ほほえみてあり　こころうれしも

いのちなり　つるのいとばに　あさがおの
　あわくもつよし　あきのゆくえに

こぞのとし　とりのもてきし　あさがおの
　おのずとさけり　こころくまなく

一九八一年十月二十三日

あまつひの　めぐみのあとに　黄葉敷く
ぶどうのそのは　ふゆごもりそむ

かさかさと　鳴る黄葉づれ　すみきこゆ
ぶどうのあとの　木々のいこいに

ふかぶかと　めぐみのたまの　あともなお
黄葉散り敷く　かぜもりのさと

むらさきの　たまの名残も　きえやらず
黄葉のうたげ　いまさかりなり

ふみおそる　黄葉のもえる　木々の間に
なにこころなく　ひとりあるきぬ

一九八一年十二月二十七日　年の暮れ

みはるかす　とりのやどりに　ははびとの
おもいはいかに　かえりみよきみ

あらしふく　みねのまつかぜ　おもいはす
あこのすがたの　いとおおしかも

ひさかたの　あつぎのにわに　はる日さし
さやかに鳴れり　さおたけのむれ

船出せば　寄る日も遠く　心飛ぶ
こらの未来に　ただいのりつつ

行く年を　こらをむかえて　老いづまの
こころづくしを　いまさらに思う

一九八二年一月四日

なりもはや　ゆんでにおもし　おおめがね
としふるも　けふはその上の　おもいかな

月に題す

一九八二年

有情無心　旅心
老い　旅する妻・子ら
訪れ　帰する心

あわれあき　かもいにつきの　形見かな

月ひとり　虚空に蒼き　かぎりかな

いざよいを　旅路に妻の　手向けかな

たむけみん　月もあわれの　この世かな

つきひとり　我もこの世の　かぎりかな

仰ぎ見る　月もろともの　ひとりかな
月ふかし　虚空にしずむ　思いかな
月あおし　虚空に妻の　いのりかな

一九八二年十二月二十九日　亡父母に

おもかげの　いつとせせまる　ちちははに
けふはらからの　いのりたむけむ

ふけにける　わがみのかげを　おもうにも
ちちににてきし　ふみかかむかと

へだてゆく　世々のおもかげ　かきくらし
しもとふりゆく　年の暮れかな

かくばかり　頼むもくるし　極月の
おもいはふかく　さえわたるとも

一九八三年七月四日　朝顔咲く

あなめずや　はなのあしたの　らっぱかな

いろめきも　つゆかもにおう　牽牛花

ほのかにも　いろかもたえに　朝の顔

わがこきを　じゅうにひとえの　らっぱかな
あはれいかに　華の朝の　鏡草
いろめきて　コブシもみごと　牽牛花
とくとこそ　花もあしたの　いのちかな

なにごころ　朝にすずしい　顔そだち

朝まだき　われよぶ花の　こころかな

なをつげむ　しじまにまねく　鏡草

一九八三年一月一日　新春

絶唱の　雲居にかける　初光

あわれまた　みかえりいのる　初日かな

一九八三年十月十六日　月に寄す

月ひとり　知らずなみだの　手向けかな

月こよい　虚空にともの　しめしかな

月もなお　虚空にうめく　かぎりかな

いざよいを　吾児にこよいの　むすびかな

もろともに　月にかぎりの　手向けかな
この世の常の　なみのたびじに

一九八三年七月四日　古希に

七秩や　あしたにのぞむ　いのりかな

七秩や　虚空に鳥の　おもいかな

たのみこき　かぎりの庭に　妻の顔

こしときや　不律にしのぶ　あしたかな

七秩や　なにをかすくむ　あしたかな

七秩や　つえつくみちも　ころぶまで

七秩や　峠の小屋も　秋の風

七秩や　あしだにすがる　長途かな

七秩や　もぱらにすごす　ひさごかな

思えども　ふりつ虚空に　こきの風

一九八三年七月十五日　雀逝く

はかなしや　ひとひのほどの　雀かな

あわれなり　つばさをたたみ　すずめゆく

無残やな　こころのいろを　すずめかな
あなあわれ　この世のかげに　すずめゆく
かぎりにや　みずもこばみて　すずめゆく
うちふるう　われをもみずに　すずめゆく

すべもなく　われをみかえる　わかれかな
きずつきて　すずめにとわの　おもいかな
いまわにも　いのちをふるう　すずめかな
わすれなむ　手のうちのこる　すずめの目

ちいさくも　すずめにたてる　そとばかな
ねんごろに　うめてすずめの　くようかな

小さき鳥たち

原中や　ひなどりたちも　ひの子かな

はらなかや　よちよちひなに　親のきも

無心やな　ひばりは空に　ちちとなく

あぶなかし　巣立ち見る眼や　母心

あぜみちに　ひなまつわりて　飛び出せず

草中も　自立のひなの　すまいかな

これもかや　風も身に沁む　ひなのわざ

はらなかや　ひなはひねもす　目口かな

一九八四年十一月二十八日　柿

ゆく秋や　ま空にあかし　柿のなり

秋たけて　尾長も庭に　柿の宴

秋ふけて　なにやらゆかし　柿葉ちる

あかあかと　み空にすむや　柿ごころ

書きくらし　とあるおもいの　柿見かな

見るほどに　これや身にしむ　柿のたね

一九八五年二月　梅

とき世はや　梅一輪の　庭の春

めもはるや　梅一輪の　すおうかな

はるやとし　梅一輪の　よすがかな

ながためや　花一輪の　梅ごころ

二つ三つ　つぼみにりきむ　梅の友

梅一枝　ほのぼのさわに　庭の春

凛とした　梅一輪の　春日かな

寒しとて　梅一輪の　余香かな

はるさける　梅見の下駄も　ころぶまで

一九八五年七月三日　未明

しらじらと　はや一条は　さしいりぬ
とわのもとめは　いまだしも

あけばまた　はや必定は　見え初めり
るつぼのたけり　やみにうかびて

一九八五年十二月十八日　歳末

はやいこと　冠づけの　しわすかな

一九八六年二月五日

やまやまの　道愛で集う　峠の屋

四方山の　みちのべ訪うや　池の茶屋

一九八六年五月三日

惜しめども　とまらぬ春の　小山田に
さつきの風も　えにしとぞ聞く

一九八六年　暮れ

干柿ふるなりや　ふびとの　年の暮れ

あわれなり　年を重ねる　日の重み

あわれやな　おもい重なる　歳の朝

あわれなり　年重きのみ　たびの朝

あわれまた　うつせみ祈る　初日の出

子らに出す　年賀にひねる　年の暮れ

おもしろや　でぐまひぐまの　賀状かな

はてはみず　とにもかくにも　年の暮れ

ともかくも　そばにたくすや　年の暮れ

一九八七年一月五日

ゴーンゴン　やはりじごくの　除夜の鐘

ワアワアと　柏手打つも　むげの花

賽銭を　納めて三方　したり顔

キャアキャアと　人蟻になる　寺もうで

あわれやな　虚空のながめ　こぞの暮れ

無残やな　どちらむくとも　死出の旅

捨て犬の　われ待つ土手の　日ざし哉

一九八七年一月六日

初雪や　この暁天に　日のめぐみ

一九九十年一月十七日

初雪や　おお別天の　朝景色

初雪や　不二をのぞんで　その上を

初雪や　庭もはなみの　あさげかな

初雪や　この世ときぬる　華実かな

一九九十年十二月三日

年暮れて　さらに旅路の　思いかな

一九九十年十二月二十三日

年経ちぬ　妻を憶いて　夜もすがら

年馳すも　くれ茫茫の　薄かな

年長けて　行方もしらず　草鞋かな

年ふるも　さらに一事の　なき身かな

年ふるも　心にこだま　なき身かな

時世なお　未死茫茫の　うねりかな

一九九一年一月一日　年明け

年あくも　しでにさかるる　旅路かな

年あけて　まず飛ぶこらも　老いの波

年明けぬ　さらにとおみの　火宅かな

年なりや　たまかえりみる　虚空の子

年あけて　さらに大路の　おもいかな

いつの日や　やよみん今日の　おもいかな

一九九一年十一月一日　孫たちに

秋高く　思いは深し　一千里

柿二つ　見てみぬ人や　一千里

今日もまた　小鳥と話す　夜明けかな

かさかさと　鳴る木や　しぐる吾亦紅

一九九二年二月十五日　友の集い

春秋を　千とせに語る　つどいかな

おうおうと　二の句はじく　つどいかな

あれかれを　ともにのべかう　わらいかな

これはこれ　ついのすみかの　十三衆

一九九三年四月　春行く

ゆく春や　とどめにしのぶ　旅路かな

二つ三つ　ことしの春の　なごりかな

世の春や　花もはじらう　おもいかな

久方に　かげろうもえて　うたげかな

一九九三年四月八日

見渡せば　いまさらながら　さりながら

一九九三年七月四日　傘寿

今日八十路　はてなき窓の　想いかな

やそぢきて　涯見む旅の　えにしかな

今日よりは　紙ひとえにも　なみだかな

ほのかにも　ほたる世に問ふ　いのちかな

あらあらし　限りのきしべ　戈の塚

定めなき　無何有の郷や　莫須有
茫茫を　誰と語らん　余燈かな
渺々は　まだ見ぬ　老いの余哀かな
老いもはや　燃眉の日々の　かたみなり

とき結ぶ　月朧朧の　歩調かな

げにけさの　手向けに投ず　結びかな

秋結ぶ　月茫茫の　淡路かな

おのずから　見据え語らう　八十路

よもすがら　風音さむく　八十路

飄々と　人世も枯れて　八十路かな

おのがじし　むきむきふかし　八十路

一九七七年十月二十七日

白蔵の　巡り深まる　日々の身に
　歯並みの岸の　葦の揺れかな

一九八一年七月九日　在英の子に憶う

山川風伯故郷の情、　孤坐悵然遠人を憶う

一九八四年八月三十一日

年古りて　やがてはてじも　虚空かな

年ふるも　みすぎよすぎの　なきどころ

はてもなく　時世のうねり　今日びかな

これはこの　終わりなき世の　さだめかな
一常一坐残生の日々　会心また遠からずか

一九九二年十月

箭の如く　逝水の如き　光陰こそ
名残をとどめる　思いを如何

一九九二年十二月二十八日

ふるとしも　音さためぐる　よき日かな

ゆく秋に　思いかえるも　追わる日々
くれるあしたに　そぞろ冷えゆく

流れのみ　はやみる年の　くれのままを
　いま日悲しく　思いゆくかな

古り往くも　未死茫々の　憶いかな

老いまして　果て見む今朝の　しじまかな

終わりなき　人世に老いの　月見かな

あおがなむ　孤松に風の　憶いかな

孤に立つや　風とも日々の　語りかな

孤に立つも　湖底に小石の　思いかな

あとがき

妻は三度目の入院でなくなった。最初の入院から十三年目、その間大きな手術を二度受けた。三度目はもはや老齢のためできないと告げられた。繰り返した入通院の間に古稀を過ぎ喜寿を経、満八十歳と八ヶ月の八月中旬のある朝八時過ぎであった。

はじめて知る銜泣の別魂、逢うことも話すことも今日ただいま限りとこみあげてきたとき、わたしはとたんに突き伏した。

死は何をもってこれになし、かつ対しうるものなのか、不天の紅涙も永訣の情を越えず、落花の悲哀も蒙蒙の哀子におよばないこと遠いこの絶絃。

切々十三年の日誌・手記・メモ類、思索・抒情等の遺文愛藏の数々は触れるさえ悚然震えさせずにはおかないわたしに無上の遺愛品となった。

入院の前々日の日誌に書かれた「ごはん食べられないのでパ薬店に薬買いに」が絶筆となった。また別のメモに「あなた五十六年は長くもあり、また短くもありましたね。ともに苦労し励ましあったことをこれからも忘れることではありません。ほんとうはもっと生きていたいと願い続けていました……どうもありがとうございました……」

これになんと答えたらいいのか。

思えば事ごとに浮かぶあの顔、あの声、あの姿、思うに委せぬ荷物にもなんとか工夫しキチンと一人で始末する意思、やむことなく止まることなくよく耐えよく励んだあの精神と努力、その名のように総てをすべてに尽くす立命の姿と心情は美しい。特に人として逸してならない大局性と実践性、真に温かい親切と善意の行き届く性格と特徴、常に人生と社会の扉を開きその未来と歴史・文化への志向を念頭に自らの現実の生活の緻密な計画性と実践性の足跡は知る人ぞ知る多くの厚く信頼してやまないところ、誠実に信実に限りある人生に最後まで最善に生きんとする志操と清純な心、一面深い自信や自負の誇りと自若を感じさせられる性格にわたしはしばしば瞠目した。形式や空疎を嫌い自らの信条と努力とを現実の人生に彫刻しうたおうとする理想理念の深窗は月や花の神秘にもことよせてわたしは痛く尊く珍重に思ってきた。

しかしここにきてすでに遠く深く心契してきた妻がどうしてわたしより先にみまかったのか、思いもかけぬ離騒のなげき、余りにもむごいこの齢の悲劇、今もわたしは合点しない。

風のように火のように、わたしの心情は単に空間に叫べばすむものか。

総子よ、君との生活はほんとうに楽しく最高だったね。しみじみ思う幸福の余りに、こんどはあらためて追悼の叫びとは。

激変と苦悩に満ちた日々の中に、せめてうたう焦心の一端を無常にもまとめて君に捧げる。

僕こそ心を剖きあらためて心底からありがとうを言う。君の叱った僕の仕事には新たに君の残した遺風をも含めいずれ報告できると思う。

総子よ、棺を蓋いて事定まるという。君へのささやかな頌辞と僕の痛み、どうかすなおに受け取ってほしい。

新装版あとがき

傷心と捜神一念のうち、翻然「帰心」の小照に気付き、急舒茫々に書き終えてから早くも七年が過ぎた。はじめ一瞬ひらめいたのは荘子の鼓盆の故事であった。荘子が北の方の葬送に何も語らずただ両足を投げ出して坐り、ひとり古盆を抱いて打ち鳴らしてやまなかった非慟の情、何事とて帰心に由る、葬儀とて死生の意をわずらわすに足らず、とする荘子独特の思想は今日も深く生きている感慨であった。七年はあっという間に過ぎた。次作（祇心集）着手のためであったが、その間も「帰心」の心は少しも変わることはなく、それどころかいっそう深く厚く考えるようになった。追想は事ごとに起こり、かつ痛切になった。時に際し、折りに触れて詠んだ歌を一部次に挙げてみよう。

〔三回忌　一九九七年八月十二日　太祥の日に〕

あはれ早や　君を懐いて　七三二
　いく夜寝覚めぬ　思い悲しも

ただいつに　君とこそ来し　片いのち
　いかにやともに　結びおさめん

冬の夜　夏の日わたり　妻ゆきぬ
　きまわり知らず　わが涙かな

いま一度　いかにも君に　会うを得ば
　残りのいのち　ちぢめてもみん

天の河　星舟し立て　君や見ん

風もこたえば　手をもとりなん
しかあれど　世々生々の　滝のごと
　み山に妻の　わが涙かな

世々の鐘　打つ魂や　鼓盆の日
　思いも炙の　血の涙かな

明け暮れも　なにかおもはむ　妻の日々
　書きおくばかり　哀れきわなし

いのちなり　あまりてのちの　世もすがら
　あすとて知らず　君と相見む

〔一九九八年七月四日　満八十六歳誕生日に〕

たらちねは　いかにあわれと　思うらむ
　けふやそぢむつ　われ老いくれて

八十路六つ　今日たらちねの　想いかな

〔一九九九年八月十二日　四周忌に〕

あわれわれ　鼓盆にうめく　四周忌

幾山河　約定宙に　鼓盆かな

けふとても　ひとりぼそぼそ　夕餉かな
　しきりに妻を　なげきつわれは

〔二〇〇〇年八月十三日　満六周年忌に〕

ついにゆく　身はから立ちの　影ながら
　丘に見つめし　君の顔かな

老いゆきつ　月も映ゆる　君の上に
　いまや限りの　ことの葉ぞ思う

〔二〇〇一年八月十二日　隠化七周忌に〕

いかほどに　偲ぶも尽きぬ　妻ごころ
　はや七周忌　ひとりたまぎぬ

さあれわれ　いかに心の　宿世かな
　君なき日々の　あけの辛しも

みころもに　みほとけ仰ぐ　七周忌
　吁とこしえの　おやこいまみつ

あわれまた　妻追うけさの　嘆きかな

故人追想幾年秋　鼓琴之嘆今也已

〔二〇〇二年八月十一日　鼓盆八周忌に〕

たらちねの　心に泣かす　日の子かな
　いかばかりにか　母に似て来て

あるかなき　身にしかあれど　けふもまた
　君をおもいて　いかに語らむ

おもかげを　鼓盆の旅や　けさ高尾
あわれまた　面影耳朶の　隠化かな
鼓盆打つ　八音高尾の　霊地かな
夢ならず　雄蝶は夢を　見はてけり

「去るものは日を以て疎し」と文選も言い、死者の惜しまれるのもしばらくの間で、日の経るに従って忘れられ、相離れるものは次第にうとくなることを含めて一般的に歌っているが、ここはもちろん特別な関係、人と事柄により深い真実の進んだ関係もまた必然に含めての考えであろう。上記の故事も決して荘子一人にとどまるものではないことはもとより、新しい来者との関係も合わせてのものに違いないであろう。しかし「心ここに在らざれば視れども見えず、聴けども聞こえず」（大學）というが、今日見渡す限り激しい変化流動が特徴の現代も、真底に人間性本命の自然感徹を忘れたものでないことが通常一般に言外の素願であろう。小著の一面もそこにあることを願わくは理解していただけたらと思う。

平成十五年一月

河野　直輔

著者プロフィール

河野 直輔（こうの なおすけ）

1913年山口県生まれ。郷里の中学から山口県庁、厚生省、労働省、地方出先機関等を経、1975年退職。

現在、神奈川県厚木市在住。

歸心

2003年3月15日　初版第1刷発行

著　者　河野 直輔
発行者　瓜谷 綱延
発行所　株式会社文芸社
〒160-0022 東京都新宿区新宿1－10－1
電話 03-5369-3060（編集）
03-5369-2299（販売）
振替 00190-8-728265

印刷所　図書印刷株式会社

© Naosuke Kono 2003 Printed in Japan
乱丁・落丁本はお取り替えいたします。
ISBN4-8355-5326-8 C0092